银色的翅膀

赵清妤 著

万卷出版有限责任公司
VOLUMES PUBLISHING COMPANY

图书在版编目（CIP）数据

银色的翅膀 / 赵清好著. —— 沈阳：万卷出版有限
责任公司，2025. 4. —— ISBN 978-7-5470-6727-7

Ⅰ．I227

中国国家版本馆CIP数据核字第2024TD5790号

出 品 人：王维良
出版发行：万卷出版有限责任公司
　　　　　（地址：沈阳市和平区十一纬路29号　邮编：110003）
印 刷 者：辽宁新华印务有限公司
经 销 者：全国新华书店
幅面尺寸：145 mm × 210 mm
字　　数：100千字
印　　张：6.25
出版时间：2025年4月第1版
印刷时间：2025年4月第1次印刷
责任编辑：姜佶睿
特约编辑：袁兴金
责任校对：刘　璠
装帧设计：张　莹
封面插图：魏　恺
ISBN 978-7-5470-6727-7
定　　价：78.00元
联系电话：024-23284090
传　　真：024-23284448

谨以此书致敬我的事业和青春。

序

青春之旅，飞翔之诗

杨绣丽

这是赵清好的第二本诗集。六七年前，当我给她的第一本诗集写序言的时候，她还是中学在读的高二学生，转眼间，她已经是个大学毕业参加工作的大姑娘了。从《十七岁的秘密花园》到《银色的翅膀》，这中间经历的成长过程，赵清好都用诗歌表达出来了。从青春的诗歌花园，到在梦想之处飞翔的银色翅膀，从青涩的大地到辽阔的云天，赵清好的诗，经历了岁月的洗礼，变得越发从容而开阔了。

《银色的翅膀》一共收录了赵清好的六十多首诗，写作时间从2022年到2024年，大部分是2023年的作品。赵清好大学毕业踏上工作岗位，这一环境的变化，让她的创作有了一个大的转向，从单纯的青春絮语，转向了所从事的工作。她开始描写大飞机，描写祖国的蓝天。她以飞机为主线，展开了这本《银色的翅膀》的主题诗歌创作。可以说，这是一个令人欣喜的变化，它的意义非同寻常。

从文学的象征意义来说，飞机代表着飞翔的愿望和追求的理想。自古至今，在蓝天中振翅飞翔，一直是诗人所讴歌的主题。李白的"大鹏一日同风起，扶摇直上九万里。假令风歇时下来，犹能簸却沧溟水。世人见我恒殊调，闻余大言皆冷笑。宣父犹能畏后生，丈夫未可轻年少"就讴歌了大鹏高飞、后生可畏的年轻力量。而陆游的"搏风变化美鲲鹏"，苏轼的"鲲鹏水击三千里，组练长驱十万夫"，以及毛泽东的"鲲鹏击浪从兹始"都写出了鲲鹏飞翔的气势。当代著名剧作家、词作家阎肃则直接写了赞美飞机、赞美飞行员的《我爱祖国的蓝天》。纵观当代诗坛，专门写飞机的主题诗集好像还没有出现，赵清好的《银色的翅膀》则有创新的意义。从这个角度来说，这本诗集的诞生是具有典型内涵的。

另外，写飞机，写航空主题，本身是具有时代意义的。1903年，莱特兄弟发明了世界上第一架飞机"飞行者1号"。100多年来，航空科技取得了突飞猛进的发展。从活塞发动机到超音速燃烧冲压发动机，人们在征服空气空间的探索道路上，树立了一个又一个重要的里程碑。航空事业的发展，深刻地影响着人类文明的演进，而中国大飞机的发展，更是我国国力强盛的体现。赵清妤能够通过诗歌来进入这个领域，对于她本身来说，可能还是无意识的，但是实际上，这本主题诗集的诞生，是个重要的分水岭，它将成为她诗歌创作的一个新高点。

我们阅读赵清妤的诗歌，领略她别具风貌的飞机世界。《银色的翅膀》整体呈现了大气、沉静、简练、清新而明晰的诗风，而不像一些年轻诗人一样，把诗歌弄得或模糊、混沌，或冗赘、粗疏，或故作深沉、矫揉造作。她轻轻吟诵，带着女孩子的自由和欢快、青春和"小确幸"，来到了一个飞翔的世界。"我来到这里/也找到了那个/属于十七岁的秘密花园/与黎明温柔交织的诗篇/在这之前/我喜欢啃几串烤串/跟着妈妈走过几条街/还偶尔和同学一起/扔几个空啤酒瓶/那些同学同窗的故事/那么久远/现在，我让世界长出/翅膀/飞出最高最远的纪录/这是我最喜欢做的事/我还是无法说出/这些徘徊在七月的细节/我的心/伴随七月的脉动/和大飞机一起/扶摇直上向天外"，这首诗把她从《十七岁的秘密花园》转向了飞翔世界，她开始和大飞机一起扶摇直上，向天外飞。

赵清妤是具有才华的，她天生具备写诗的能力，她不刻意为之，常是妙手得之。不经意之间，精湛的诗句潺潺

3

流出。"这里，所有的云/都是有骨头的/蓝，在气流里悄无声息/只有翅膀飘在云朵之上/天空之上"；"七月的车轮是流火的/七月的翅膀是流火的/走过的每一天/都像百里急急赶来的兵马"。她的诗歌色彩是轻盈的，而骨子里却沉淀着质感、力度。她浅笑盈盈，内心却雷霆万钧，在表达天空、表达飞机的同时，她其实是在表达自己青春飞扬的理想苍穹。"我写诗，写我起飞的精神/以及起飞的食粮/你看，你的叶、你的枝、你的根/都在这里了"，我们可以看到，赵清好的飞行之旅不是在无根地漂泊，它是有根、有枝的。那就是她精神的旅途，那里蓝天恣意舒展，那里精神自由飞翔……

赵清好一边飞翔，一边回首她的童年。比如《儿时的翅膀》这首诗，她写道："那个时候/感觉去外婆家那么远/公交车摇着/一路刹车与加油/前仰后合/那时候听见/有螺旋桨飞机/在头顶上嗡嗡嗡/总会从车窗伸出头来/又伸出身子往天上找/过了很久，到了外婆家/才能长出翅膀去追/一朵白云/那时候幻想白云能变成飞毯/在蓝天高空巡航/看看大地长成什么模样/后来坐上大飞机/才看到大地/山是山，水是水/外婆家的屋子/里外弥漫着/故乡的饭香/那是记忆中最温暖、最纯粹的味道。"在童年的记忆里，她幻想白云变成飞毯，在成长的岁月里，一半的她"写一首首小诗/把小诗放成风筝/满天空撒花，喂满鸟鸣/让小动物长出翅膀/飞上云端"，而另一半的她却在"建造大飞机"，在"和大飞机一起梦想"，她"钟情于闯关/志向高远"。这是很有意思的青春岁月，她曾在《十七岁的秘密花园》里貌似古井无波，而内心却有着万丈波澜，经历一段早春，经历一段春寒，直至迎接春暖花开。

青春文学有着比较典型的特征，它还原了青春时期复杂的情绪体验，使读者产生了强烈的共鸣。但是部分青春文学作品，过于注重情感的渲染，用力太过、太猛，可能会对读者产生过度的心理影响。还有的作品，只有浅薄的叙事，缺乏深入的思考和探究。诗歌创作也是如此，有的作品忽略了深度挖掘，忽略了现实与艺术之间的平衡。而赵清好的诗歌，很好地处理了这些关系之间的平衡。她懂得轻重缓急，懂得举重若轻，她的部分诗歌，甚至超越了一些著名诗人的自我标榜和过度张扬。

《银色的翅膀》总体是轻盈的，但是又如同白云般浩荡翻卷，她的每首诗里都有大飞机的影子，她的诗自觉地进入一种开阔的境界，那里含有祖国的名字："那不是风，是气流/……/划开云朵，漫天飞花/那银闪闪的质感/在高空写满

'中国'。"她开始有壮志豪情："我看见你像一颗行星/横穿夜空/犹如利箭般/直指蓝色彼岸/我看见大海似翻卷于白云之上/南飞的大雁正浩荡远征"；"我知道，接下来的日子/或许会有大雪封城/我将把黄河铸成刀/把长江铸成剑/揽黄海，跨东海/直指南海/激荡海浪，奔袭莽昆仑/重器，守护每一寸国土"；"蓝天白云下的花园/在心中，在天际/在每一瞬间/都呼唤着我的祖国"。赵清妤在诗歌里"渴望着大飞机式的/那种碾轧、磨砺/渴望着被撞击发出的/生命深处的轰响/在大片湛蓝的天空中/翅膀划出金色的华年"。

赵清妤在迅速成长，她的青春是清新的，但是现在已经"开满花朵"。她在随着大飞机一同成长，"在祖国的天空，自由翱翔/第一次触摸到天空的高度/责任的高度、理想的高度/以及信念的高度"。她已经不是秘密花园里的小女子了，她希望在银色的翅膀中抵达自由、湛蓝的理想国度。

在飞行中，一切皆有可能，未来可期。祝福赵清妤的诗歌之路云天灿烂，高远辽阔……

（注：作者为上海市作家协会创联室副主任、上海诗词学会副会长、《上海诗人》杂志副主编。）

目　录

银色的翅膀（组诗一）

1 四月，雨水及时降落

多像此刻的心情

欢喜在四月，带着疲倦和暖意

走在下班的路上

仿佛从远途归来

关于银色的翅膀

关于季节及女子

那些鲜亮的事物

让我联想起古老的《诗经》

那些舒心或"扎心"的反哺

让我走进更深更暖的季节

那些被咀嚼的词语

有时让我羞涩

四月的春天，我体会江南

景色如同我内心深处的秘密

2 带上吧，临行前你告诉我

你说，带上我的青春和青春的季节

让飞翔成为日常

让飞升成为离弦之箭

让青春的孤独在扣动的扳机里

让弹射化为更快出膛的子弹

让尾气成为五彩的轨迹

我只想再一次，再一次驭风

在飞行中，让雨水再一次滋润我

这个春天的雨啊

会在落地时喊出我的名字

银色的翅膀多么重要

某种程度上是我的生命

在这个春天，因为有了这翅膀

我所有与青春的对抗

或爱，或卑怯都化为春雨

如酒后的微醉，情不自禁

兴奋，又无从说起

被抽空，被弥漫，整个身心成为荒原

春花开满了山岗

3 这个时刻清醒

有些不合时宜

这个春之夜，有个声音

情愫在这个声音里萌发

人在这里，心去了他乡

四月的配方无可救药

温情二分，咸涩三钱

激情八角，良知五毛

还有爱和怨各占一半

这个春天，不会辜负

只用了半日再复一日

终于在清晨记下青春之梦

一切皆有可能，未来可期

那银色的翅羽多么可爱

我预测到春光七两，错觉三斤

爱情已经斟满酒杯

然后走进暮春再到盛夏

梦，从不会消亡

在我的瞳仁闪亮时

有一种微醉的镜像

多像这四月，银色的翅羽

我知道，一切只是开始

关于明媚的表述，我只学会一分

微醉的状态让我强迫自己失眠

可是依然让我酣然入睡，这四月

4 愉悦与逾越可混淆起来，像拌面

因为高兴，通透的象征如春夜

清晨的湿，像青春的雨衣

雾状是第三类比喻

青春的迷茫开始消融

有些秘密会藏匿在那里

有些秘密会向诗意敞开

像古老的《诗经》，意象万千

如诗，让我激动万千

如诗，让我宁静片刻

四月的飞行啊，一杯酒

一口喝下日月星辰

闭合眼睑吧，在江南在机场

在银色的翅膀下面

摘下所有的面具，拥抱

开启四月的旅程，幸福

无关伦理，只有行走的人生

无须限定，只要喜欢

四月，喜欢就是最好的修行

拥有银色的翅膀就好了

只要银色的翅膀，其他无所谓

信念，支撑翅羽

赞美，化为漫天云朵

四月，奇酷无比

你看，银色的翅膀已经张开

高昂头颅，向着四月的云天

灯火璀璨，丰沛辽阔

遇见你时雨一直下着

遇见你时雨一直下着

雨点滴答滴答地落在伞上

街边几朵蔷薇正吐着芬芳

一声问候

泛起微笑和涟漪

似有雨湿了你的发际

想起上一次遇见你也是下雨

也是有着馥郁的香气，涟漪掠过

也是这样与你立在街边

天一直下着雨

路灯

在深夜的掩护下

跌跌撞撞

摸黑走过坑洼地段

步履间跨越满是飞屑的战场

我摸出吟唱着蓝调的打火机

点一支烟

解乏

烟雾流动起来

轻纱般笼在我的脸上

抬头

月光随之氤氲，似乎也醉了

烟哪，月光，还有

夜深人静时攀上我手臂的水雾

晕开在黑夜里作画

大道边上

一串路灯不时频闪

宛如老电影的片段

咔嚓咔嚓伴着声响

为我这夜行者

按下了快门

沾着污渍与功勋的工服

与夜色浑然一体

心底

却似有惊涛骇浪在汹涌

是对黎明的渴望，对光明的颂歌

路灯把天点亮

心绪被推到天上

路灯，那守夜的诗人

会轻轻掀开夜的序幕

我的心，乘着这股力量

直抵星辰大海

一步步，我迈入那温柔的凉夜

仿佛整个世界

都在这光影里

渐渐苏醒

七月

七月流火

晨曦初启

我穿越五个城区的早点摊

抵达我的起飞的小屋

和有天际传说的避风港

我来到这里

也找到了那个

属于十七岁的秘密花园

与黎明温柔交织的诗篇

在这之前

我喜欢啃几串烤串

跟着妈妈走过几条街

还偶尔和同学一起

扔几个空啤酒瓶

那些同学同窗的故事

那么久远

现在，我让世界长出

翅膀

飞出最高最远的纪录

这是我最喜欢做的事

我还是无法说出

这些徘徊在七月的细节

我的心

伴随七月的脉动

和大飞机一起

扶摇直上向天外

七月的火在燃烧

七月，你知道我和你

一样

心中的火在燃烧

像极了你的样子

燃烧起来没有模样

热，只是热

我曾漫步于无垠之下

才知道大飞机的航道

有那么深邃

甚至，有几分忧郁

我燃烧着，如同野火般奔放

七月，你的背叛或者

憋屈

以这无尽的热度表达着吗

我写诗，写我起飞的精神

以及起飞的食粮

你看，你的叶、你的枝、你的根

都在这里了

七月的事情，在燃烧

这些噼里啪啦的声音

宛若我的呼声

这些颤抖的火苗

就是我

燃烧吧，让我这个人

从一种庸常的生活里

从那些凡俗的事务里

化成另一种事物

火凤凰！翅膀的燃烧

或者淬炼、洗礼

或者重生

七月，流火

飞，飞

那不是风，是气流

上升的线条

托起大飞机的梦想

划开云朵，漫天飞花

那银闪闪的质感

在高空写满"中国"

大飞机在飞，与星辰

同道

在高远的天空

它不会与蝴蝶、露水

以及幽兰相遇

当我们说起翅膀

请不要只想象着

一只鸟儿

我们应打开思路

仰望远空

那里，有我们的大飞机

在飞

大飞机，大飞机

——在飞

天空之上

云朵，在蓝的荒芜中

极目四望

这里，所有的云

都是有骨头的

蓝，在气流里悄无声息

只有翅膀飘在云朵之上

天空之上

风在翅膀上歌唱

大飞机起飞的这一页历史

已在万米之高被翻开

无山峦，无石块

只有风骨

飞行也寂寞

"坐地日行八万里"

去和一只蝴蝶交换春天

我用万米天空之上的这缕阳光

去兑换丰厚的银两

我想起少年的马匹

想起过往的汽车

想起飞驰的高铁

而今我在我们自己的

大飞机上

日行八万里

我的心变得如此平和

想到市井里的喧闹

想到我经过的农家

那些充满个性的野草

那段杂乱的思想和春天嫁接

那些新开张的店铺

打开了亮丽的风景

山岗上，映入眼帘的花朵

以及摇晃着的迷人的身影

天空之上，无边的蓝

可以想象

大飞机的信使

跨越秋日的门槛

我踏入了你的领地

那时，青丝随风舞动

在大学的圣殿轻扬

毕业之际，梦如温煦春日

轻柔地萌发

亿万年前细小的星星

撒在夜空

多么像微渺的我们

那些微的光亮

闪烁在扩大的夜

那些光亮带着水汽

明月都有些郁郁了

在照亮人间的一隙

所有的黑，倏然

碎了一地

在你身边

在你起飞的那一刻

你是天空中最亮的星星

我是你忠诚的信徒

崇拜者、工作者甚至是

承载者

我的渺小谁还说

谁还说关外无春

谁还说江南无雪

有你，心已酩酊

在这绝对的优势里

我要把青春这一碗面

吃完

为你，再加上葱油和

姜丝

我要用青春的光泽

和你一起闪亮

哪怕出发或归来

淋上一身月光

山风洗空了我的屋子

我要为你梳妆打扮

用青春闪耀你的光泽

映衬在祖国的花园里

我为你学会烹饪夜色

为你驱赶冬的寒冷

并且烧起炉火

为你挥笔写下星辰日月

哪怕溅起泪花

笑靥被扭曲

也要把生命的第一束花

献给你

我要让自己的眼睛躲在

正好长出的芙蓉里

向你眯起

孩童般笑出春色

朴拙又顽皮

把老槐树灌醉再牵起

枝条

故乡般安详，孑然而

孤寂

仅用自己微粒般的生命

护卫你向天外起飞的航迹

你发出的信息

必然打破宇宙的孤寂

在我白头的那一天仍然

仰望窗外，期盼你的信使

敲门

七月，班车驶向天际线

七月的黄昏

渐渐包围了我的班车

车灯

撕开幕墙驶出我们的营地

这里

是我感到崇高的地方

是我感到自豪和荣光的地方

我心中的银色天鹅

正是从这里驶向辽阔的天际

我的使命

就光耀在那闪亮的机翼

我对大飞机的信任

在于它巨大的躯体

蕴含着如火一般奔腾而起的力量

离开坚实的大地

有时候会有一种金黄的伤口

心在里面跳动

割舍不掉

而城市、街道、灯火

或行道树

这些伴随人世间生长的景物

都是那么脆弱

在大飞机嘶吼的那个夜晚

整个世界似乎都在轰鸣中飞速掠过

超越的、离开的

失去的、跟随的

会在胸膛里燃烧

七月的车轮是流火的

七月的翅膀是流火的

走过的每一天

都像百里急急赶来的兵马

要一次完成一生的路程

班车驶过的行道树

像气流喷出的反作用力

把光线缩短又拉长

如同生命的象征

世界万物，皆在平衡中存在

在那个黄昏

十四亿梦想同时启航

梦与世界

在平衡中共鸣

宇宙的光芒

照亮日落

东方辉煌，千里闪耀，独领风骚

只有那黄昏

是永恒的收藏

珍存我一生追求的天空、云朵和星光

此刻沉默

在那个有露珠轻柔降临人间的夜晚

我看见你像一颗行星

横穿夜空

犹如利箭般

直指蓝色彼岸

我看见大海似翻卷于白云之上

南飞的大雁正浩荡远征

我知道，接下来的日子

或许会有大雪封城

我将把黄河铸成刀

把长江铸成剑

揽黄海，跨东海

直指南海

激荡海浪，奔袭莽昆仑

重器，守护每一寸国土

在这个秋天

我的思绪如激光一般

承原子之约

对应风云南海

掀起东海巨浪

沿着远方的航线环游

大飞机携和平

飞翔在星际旅行之中

畅游再次通达的京杭大运河

让大江南北兴起时代新风

对敢卡住我咽喉的人说：

"不！"

莫笑我狂，莫笑我执

有梦路上，劲健行走

天空那轮秦时明月

西部那处汉朝边关

都是中华的精神凝聚

此刻沉默，"大飞机人"的嘶吼

振奋我五千年的古城

让这些黛瓦白墙

灿烂容颜

都充满北方的硬朗

让秋风雕刻枝干风骨

直至打开窗帘，迎接天光

扫除一切纷扰与卷曲

把阴天的郁闷、烦躁

以及那些病态

都交给飞升的事物吧

此刻沉默

就是一把通向外界

找到"楚门的世界"的钥匙

昙花一现

你总会制造激动人心的时刻

囿于情绪，却依旧向上

向上

你不同于梨花

烟渚上藏雪

也相左于艳桃

红唇般袭人

我落入你短暂的情绪

艳红胁迫纯白

我轻声叹息

为你的纯也为你的短

你是故意用短来托举美吗

一种哀怨如一种函数

在缠绵

你的短更是让蜂群扑腾

无功，空返

白天的蜂群忙碌碌

夜晚一阵细雨洒落

已是经年

在水声里睡眠，夜与生命合二为一

我的发梢沾染了烛光

我的精神接纳了你的短暂

这就是你的回答是吗

当我的笔尖触及脉管时

你洁白的心地仍然素面朝天

让赤诚之心携宇宙之血

去晕红江南雨吧

千万条杨柳飞扬

在断桥别离

萍水相逢可在今晚昙花一现

有谁见过，谁曾责备

规律的轨迹，何曾改变

回音不必寻

亦无须用笔触勾画

或分清浓淡墨，如泼

愁，宜断

情绪是冬日的棉被，暖

纵然千年不见

亦可，乘上我的大飞机

云上回长安

曙光

见过就忘不掉

那厚重的翅翼

其实很轻

总是很轻、很轻的

轻得载不动晨露的清辉

如同我不知滋味的轻愁

很轻的翼展总是负重

重得负载着

早起的太阳和晚睡的月亮

线缆，清新而结实地

躺在那里

大飞机沿线碾轧、摩擦

火花四溅

我的青春也是清新的

我的开满花朵

长满枝叶的肢体

是结实的

我渴望着大飞机式的

那种碾轧、磨砺

渴望着被撞击发出的

生命深处的轰响

在大片湛蓝的天空中

翅膀划出金色的华年

此刻

我正忙碌在它的站台上

等待着它搏击长空归来

远程，它来自地球的

另一面

我期待着机舱门打开的

喜悦

我幻想着霞光如花

月亮，刚刚升上柳梢

挂成一弯

它落下来

孩子！我们没有鲲鹏的命运

但可以有一颗飞翔的心

妈妈这样说

从那以后我总会学着大雁

背起蓝天，奔向曙光

一路风尘飞扬

宿舍里的月光

当月光爬满窗户的时候

我沉浸在书页间

讲述着关于大飞机的诗篇

起身打开窗

月光满怀间倾洒

那么明亮

为大飞机

我已经打磨了三天三夜

那金灿灿的翅膀

一直飞在我的心上

月亮看着我笑

继续向上爬

一直爬到窗外

不留印痕

东方明珠塔顶

银辉闪亮

金茂大厦一身靓装

与高悬的月亮共辉映

这是最圆满的一轮

当大飞机正好把月亮

画成"一"字时

这条黄金分割线

把月亮飞得铮亮

许久，我在梦乡里看见

月亮从上海大厦另一侧

飘
　　　　落
　　　　　　飘
　　　　　　　　落
　　飘
　　　　落
　　　　　　飘——落

大飞机接住了月亮

载着这轮明月

大飞机更加铮亮

一起飞过"魔都"

飞过满城灯火

多日之后

那轮最圆满的月亮

瘦成了半弯

挂在我宿舍的屋檐下

静默而明亮

我幻想，到了早晨

我要起个早

小心收起这半弯月亮

用这弯曲的银镰

在高空、蓝天

满世界收割大飞机的

喜讯

雪飞飞

尘世多远

雪就飞多远

青春的烦恼就飞多远

需要北风

吹满这个冬季

需要雪

飞满大地

这个季节饱蘸人间的温度与洁白

成就我的梦想

我在纷飞的雪里

看见大飞机的飞升

再也忘不掉

那种飞揉碎了雪花

揉软了天光

也把我的书本和功课

揉得模糊

我看见那冬云揉着雪花

北风揉着冬青、香樟

和静寂的大地揉在一起

轰隆隆的嘶吼与闪电

揉在一起

与我的一腔热血揉在一起

这就是青春的绽放吗

纷纷扬扬，雪向下飞

大飞机轰隆隆向上

我的一腔热血也向上

雪地上千万匹白马在奔腾

大飞机银亮的身影

一隙间冲入云霄

只留下一片白茫茫、轰隆隆

在梦中，这个场景

常常被轻轻拉开

飞升的梦

这最酷的一幕

留给我的青春

还有飞雪中的梅花和

飞升的人

儿时的翅膀

那个时候

感觉去外婆家那么远

公交车摇着

一路刹车与加油

前仰后合

那时候听见

有螺旋桨飞机

在头顶上嗡嗡嗡

总会从车窗伸出头来

又伸出身子往天上找

过了很久，到了外婆家

才能长出翅膀去追

一朵白云

那时候幻想白云能变成飞毯

在蓝天高空巡航

看看大地长成什么模样

后来坐上大飞机

才看到大地

山是山，水是水

外婆家的屋子

里外弥漫着

故乡的饭香

那是记忆中最温暖、最纯粹的味道

飞升一团火焰

你起飞的姿势

让我用尽所有的力量

直至冷汗在我的鼻尖

渗出

犹如挂在刀刃上

带着一种莫名的坚定

轻轻落下的白羽

在锋利的刀尖上谁能轻盈起舞

或许，那白羽将寻得安宁之所

视每一次起飞

为归家的旅程

每次起飞我都在想

你红梅般的魂魄

从阳光里掏出一团火

把铮亮的光

铺在自己身上

这种上升的姿势

让我的眼泪如碎石一般

砸向季节深处

无论是旭日还是斜阳

飞升的姿势都是生命

在成长

你回落时姿态从容

我明白，这份从容是为

下一次更勇敢地飞升

想挑出刺眼的太阳

仔细辨认你的姿态

无奈你总是与日光

熔接在一起

即便在夜晚，也会用月光

把自己悬置在飞升的时空里

破裂的火焰放出灵魂的箭矢

多么耀眼！为了你

我愿交出光明的眼睛

两个我自己

翻开书页的刹那

我便融入了文字的世界

在那纸张之间

我与自己相遇，相互凝望

在书里哭，在书里笑

在书里生气，在书里闹

我知道书里的自己

是劈开的一半

一半我自己

一半在书里

一半我自己到外婆家

便升起炊烟

一半在书里自由舞蹈

彩衣飘飘

一半我自己与大飞机相遇

一半在书里偶遇青春少年

那少年眼中的我

宛如一幅静谧的画卷

是飞不出纸的鸟

每天在《十七岁的秘密花园》里

写不开花的文字

累了就甜甜地喊哥哥

在曲折的情节里与世无争

躲进温暖的港湾

写一首首小诗

把小诗放成风筝

满天空撒花，喂满鸟鸣

让小动物长出翅膀

飞上云端

另一半的我在建造大飞机

全世界的目光都被拉过来

舞台中央，压力

狂风呼啸，训诫

我的青春季节能够承受

也有心惊胆战

看当班的月亮是否还在

也有突发奇想的创造

和大飞机一起梦想

万般起伏跌宕

钟情于闯关

志向高远

这另一个我在大飞机起飞的一刻

看到鸟在欢唱

天空中有花，动物也长出翅膀

和两个我自己

共同飞舞

飞行着的灵魂

我把灵魂埋藏在《十七岁的秘密花园》之中

让一棵树承载着

成长，开花和结果

一年、两年、三年过去

灵魂也在长大

我二十二岁的灵魂，是飞行着的

每个深夜，我都听到

那轰响的声音

唤醒我的灵魂

无关天气，一直在飞

有时候感觉

灵魂像是云一样的荷叶

圆润的天空，常会飘出荷一样的云片

是那么可爱

有时候灵魂是飘起来的雨雪

云的顶端是那么湿漉漉

大飞机穿云破雾

飞升的灵魂强劲有力

与云雨融合，化为闪电

有时候我看见灵魂在

起飞线上

整个夜都在道线上

红光一闪一闪地闪烁着

我青春的灵魂一直

亮在那里

那光芒洒得遥远

机场的虫子们都无法触及

归来，我的灵魂依旧如新

有一刻，在人们登上舷梯的一刹那

我清清楚楚地看见

灵魂随机而去

我的肉身依然在

玻璃后面

人有多少个灵魂呢

数不清，一直在飞

有时会变得安静

梳头，洗脸时看见

灵魂出去散步了

每次夜晚，给大飞机值班

回来，都有一双眼睛在等待

那是大飞机舷窗透出来的光

始终闪烁

始终凝视

直至晨光到来

翅膀

你牵引着我的目光飞舞

上上下下忽闪着

我本能地伸出手

为你搭建一处降落的机场

也许是天意

你真的落在我的手指上

哈哈，我一动也不敢动

整个身心都被你定住了

屏息凝视

全身僵直不已

而你，悠然自得，于我指端

缓慢地上下扇动翅膀

像是教我怎样飞翔

一阵风吹过来

你轻盈地飞起来

绕着我的手

又绕过头顶

上下飞旋，绕我全身一周

飞呀，忽地就飘远了

这只蝴蝶

在我《十七岁的秘密花园》里

留下翅膀发出的回声

一直留在我的记忆中

而今，每次遇见大飞机飞过

我都情不自禁伸出手去承接

想接住理想、信念和阳光

芒种

这个节气在朋友圈疯长

青春的麦芽

闪着光华渐渐金黄

大地依然

爱匍匐的小草

也支持伟岸的松柏

以及那青色泛黄的青翠米兰

我的情绪恰恰栽植其中

一种思念化为乡愁

在启程这一刻弥漫

抬头间，窗外掠过大飞机

低沉便被一扫而光

原计划写一首低迷的爱情诗

要让温柔和着芒种一起

青春生长

可是啊，在仰望机翼

银光闪烁的那一刻

一种火一样的激情

燃烧起来

我将以你为坐骑

在蓝天上向高楼

向城市向行道树致意

让人间响起

有关大飞机的传说

在高空，高于尘世

在蓝天的这幅画卷里

飞翔就是我的憧憬和追求

具体的情节是那么丰富和感人

我在大飞机上跨山海

越九州，一掠而过

七月，那么幸福

在我的诗行里展示肋骨吧

关于大飞机，平添几分硬气

让有关的消息越过熙攘的人群

停歇在花枝上

风吹过来的那一刻

悠然舞动

却道海棠依旧

这枝海棠

绝不会是李清照的那枝

春光在花园里可以恣意撒娇

可以任性地痴嗔

甚至哀怨

可以让树枝的缝隙

撕碎月光，流一地

月光水，而后

让星星闪烁

那些花园里的星星们

永远长不大

那些枝丫上摇晃的小脸蛋儿

可爱地嘟起唇

我总是在花园里与海棠

相遇并擦肩而过

也聆听到她在微风中

对我的忠告

可是我从来没记住

在花园里

我以自得的姿态"躺平"

以超然的心态"内卷"

甚至贪恋一只蝴蝶的

飞舞

我歌颂正午的阳光

也留恋流水般的月亮

赞美海棠的新芽

惊赞复活的花瓣

那么热烈，那么纯洁

直到，我的大飞机

从花园上空倏然而过

等待秋天的第一场雨

我把春天的心事收藏起来

藏在《十七岁的秘密花园》里

用春水浇透

然后用盛夏的阳光催生

成长，晒一整个夏天

等待秋天的雨

是那么漫长

像我的十七岁

等待成熟的第一场秋雨

那夜，灯光跌宕在一家不经意的小店

《我想有个家》的旋律忽然响起

那首熟悉的老歌

伴随我童年的回忆

在等待中长大

如同等待一位远行归来的旅人

他愿意和我一起

走过这家门店

聆听这首歌

愿意为我轻轻提起

洁白而褶皱的裙裾

等待秋天的第一场雨吧

暮色樱花

海水缓缓退去

潮色从浓渐渐变淡

在退却时不忘泛起几分亮光

有一条蓝鲸搁浅在沙滩上

她吞吐薄暮

延展水岸

一朵朵樱花缤纷绽放

天光照耀她们簇拥着香气

炸开在最后一抹阳光里

脆生生地诱人

从唐朝的晚钟里

可以听见樱花迷人的脚步

余音缠绕着晚霞

款款移步，满室香魂

在一扇窗内徘徊

一种别样的情怀让我张开双臂

想把所有这种深情

向海敞开

潮水仍在一步步后退

樱花树在楼宇的亮光里

如暮色中田野弥漫起来的事物

诉说着一个个未完的故事

直到一切都飘浮起来

直到天空中有大飞机

闪着铮亮的银色翅膀

轰轰隆隆地把暮色

推向远方

一切事物都开始熠熠生辉

暗夜与大飞机

从灯火通明的都市之夜向上

昂起头，直插夜空

夜的黑如幔，如此陡峭

身影倏然化为乌有

只有导航灯，一闪一闪

融进无边的暗夜里

向暗夜

大飞机那么坚硬的身形

也会被一口吞没

目睹导航灯初闪耀

继而消散成微点

最终归于虚无

恍如一碗清水滴入一滴墨

满碗皆黑

大飞机就这样停靠在这里

反而使得夜色更添几分深邃与神秘

从暗夜回来的大飞机

是那么让人兴奋

起初是突然看到一点亮

再后来隐隐有轰隆隆的声响

再后来它逐渐明朗

它身体凝结的黑暗化为银亮

进而铮亮，天地轰响

最后是银瓶乍破

光芒四射

着陆的一刹那

让暗夜颤了又颤

青春的麦芒

用开花隐喻

我相信，麦子开花的时候

正是麦芒最刺人的时节

我相信，这隐喻映照我自身

灌浆，并成熟

这个过程

无论风雨怎么摇曳

开花成熟的信念从不曾动摇

我愿意用自己的青春时光

将内在的属性赋予小麦

让年华发酵成梦想

让梦想转变成行动

这个过程

可以经过高温、高压

可以让内心，或外在

都经历一种嬗变

用自己的汗水和着脉管一起

忍受熏煮与炙烤

直至内在发生化学变化

让自己化为一滴纯酿吧

成为一种稀世珍品

行走出不一样的人生

让一滴酒内化为深藏的狮子

让一滴酒内化为一匹野马

让一滴酒内化为一股刚烈之火

让一滴酒内化为升腾而起的大飞机

哦，让我内心的激情

在青春的花季里

咆哮、喷薄

我愿意面对麦子般的成熟

愿意让麦芒刺破积压的痛点

愿意让天空与大地旋转

愿意让青春之火燃烧成熟

愿意让青春的真情付诸东流

愿意让开花的麦芒刺破一切温和

刺破"内卷"，也刺破"躺平"

愿意为你倒下

愿意让成熟连同麦芒一起

被收割，被你握在手里揉搓

有一天我成长为一颗

圆润的麦粒

愿意化为粉身碎骨的粉末

滋养你——我的祖国

工作的意义

那时候，总会和自己打架

想吃些什么，又不想吃什么

想对同宿舍的那个人说些什么

又不想说什么

总是弄得

两败俱伤

有时候不想爬起来

再打，继续打

直到

把星火打进眼睛

把盐打进皮肉

把"内卷"打醒

有时候，也会可怜自己

抱紧双臂，左手拍拍右肩

再用右手拍拍左肩

让手指灵活勾勒

给思想穿一件衣服

披一件冲锋衣

幻想向前

给温度加一层保护膜

在冬天里向往春天

在春天里向往秋天

用书本遮挡沙尘暴

用诗洗涤心灵

有时，也勇敢冲锋

漫步间，总感受到那匿名的凝视

或在窗边，或在转角

有时给自己泼一盆冷水

还不忘扬一把沙子

或者

扎两根铁钉

有时，想用打火机把天空点着

让火光把星星烧个通红

那时候的喜剧总爱在黄昏开始

舞台在梦醒时分搭建

自己和自己追光

自己和自己谈笑

自己和自己吵架

自己和自己握手言和

喜欢色彩，也喜欢空白

把自己丢进陷阱

再设法搭救自己

让困境在思想里行走一程

凡此虚妄啊

在激烈的战争中谈论

人生的意义

直到工作，直到遇上大飞机

一片玫瑰花瓣的距离

假面圆舞曲

奏响

风中扬起的玫瑰

踩在了弦上

卡农在星空间穿梭

如同三月的蓓蕾绽放

早春第一抹嫣红

我的点点心事

就在烛台上点燃

飘向了月亮湾

热烈地跳跃地

温柔地安静地

一节节，一步步

流出指尖

我祈祷着旋律能飘向

更远的地方

能飞进那些紧闭着的

眼瞳深处

让音符、乐章乘上快车

去奔跑，去追逐，去填补

去敲打内心深处的款款柔情

去诉说人生的际遇与慈悲

且画出我最爱的颜色吧

让花瓣铺满天空

让声浪击破心墙

让宁静荡漾在湾里

乘个凉

心中的麦地

五月的河看着有点凉

外婆走过来的样子

与河水流过来的样子一样

那么慈祥

河水向远方流去，带着一丝怅然

而外婆那三分地的麦田

举起的是整齐的麦芒

向着天空

外婆给我做的小小稻草人

沿着河流的方向

赶走那一群贪吃的麻雀

我总喜欢给外婆看守摊晒在地上的家产

那可是她辛苦了大半年的收获

每年总会有风雨

要抢在到来之前收拾好物什

雨水过后不久

会有新的菜芽吐出

紫色的花

秋季的播种又将开始

要是现在我开着大飞机

去看外婆，会是怎样

等一个身披雪花的人

外面雪下大了

有沙沙沙的声响

从街道挤进小区挤进窗

香樟树上的叶子

已积攒了一些白

街道清冷，风在吹

偶尔路过，行人阴沉而又匆忙

天低暗下来

有几分累了

邻家练习二胡的声响

还不成调子

我坐在窗前

在时间的边缘

想给书里的文字说

我要等个人

像伟岸的香樟

雪天有一层白雪在身上

全身都蒸腾着兴奋的雾

我会帮他扫除掉

肩背上的雪

心中有芦苇在摇动

在僻静的小街放逐不羁的灵魂

让父辈们在温暖的房间里谈笑

让孤独的人在一本书里欢歌

搭起"初心桥"

让偏执的人扔掉拐杖

而我，凝视窗外

幻想一场横跨唐朝乃至更古老时代的

那铺天盖地的飞雪奇景

秋光照耀在心头

你，行于高原之巅

踏入江南

便是一场意外的跌落

仿佛激流突入宁静的湖泊

身携的翠绿无声洒落

秋光照耀，慢下来

你泛黄的气息

成熟的色彩

在树上展现

叶片上跳跃

一种超凡脱俗的鹅黄

铺展大地

而高原上的你像踩地毯一般

踩上去，就会深陷其中

胡杨的最后一片叶子

选择安静地躺在沙丘低洼处

金黄的样子让人充满了想象

浩大的秋风洗礼一切

那种金黄是一种如洗的忧伤

而秋光在清晨或夜晚

与露水与月光一脉相通

与草木一起降低自己

一种错过

伴随秋雨而生

在另一场秋雨里

秋光尽力愈合

伤痕是明显的

秋光不仅烙印于你的身

也深深击中了我的心

在云端之上

云涌着，浩荡铺展天际

我的大飞机，尾随彩霞而行

在云雾里穿行

脚下人间那么遥远

这种逃离一度让我庆幸

有多少这样的时刻

我误以为

乘上大飞机

可以离开我的生活

逃离这种环境

让人自省

银色的翅膀（组诗二）

1 关于旧事

这场雪，2023年初降

陈年往事，在闺阁深处

被岁月细雕成一个个格子，静静封存

那时自称是赵家小姐

时常翻弄着几件旧衣裳

任由几只蝴蝶在身旁翩翩起舞

她的宝贵时光，悄然化作一只菜鸟

几许心事飞往大唐，寻求经义

当个菜鸟青年吧

自己这样隐喻

裙裾舞动，映照出相似的假象

与命运交织

有人喊着疼痛

演绎着人间的悲喜交集

我想，我的人生应该从大唐出发

让菜鸟乘上大飞机甩开大地

那些"躺平"的旗帜

"内卷"的木鱼

在轰鸣的词语里

飞升而上

我要挥洒和演唱的

是新时代青年的热血

和新时代奋起的歌

2 关于阑珊

之前的那些个冬季

我在考场上不断拆散

生活秩序

留下优秀的分数和个人的劲骨

对微信里的说辞挥挥手

我哪里有时间理会这些莫名的东西

我在火车站

将自己扬起的衣角拉平

跨进车厢的那一刻

没注意自己的头顶

是云淡还是风轻

其实，我只注意前方的光亮

哪怕一丁点

我也会把身体从黑暗中抽出来

就在冬天的拐角

阻止一场雪落满我的生活

也会把自己的秘密

放进冰箱保鲜

那些关于南辕北辙的表达

那些关于青春的得意

那些模糊不清的脸以及混沌

隐在空中的雾障里

自从我遇见大飞机

在它的嘶吼中学会了

"闭嘴""沉默""思考"之类的词

以及用怎样的力量去飞

如何去感知气流、风向、温度

面对一些负面的存在

不要说瑟缩、"躺平"、"内卷"吧

我只能说阑珊

3 银色片段

南京路，人潮汹涌

在"好八连"间穿行

雨珠还新鲜，笑容灿烂

有人挥霍着昨日的积蓄

有人躬身趴在城市底部

有人把自己的黑擦出风景

我始终保持一张洁净的脸

和银色的大飞机一起

努力飞越命运的钟摆

在斜风细雨里叙说热血

探讨"打鸡血"的工作方法

在上海比较清冷的这个冬季

看银色的翅膀怎样掠过黄浦江

生活剧情，达至高潮

潮汐慢点走

十月的海息，已染秋凉

月，高挂于夜的沉思中

洒向海面，绽放出一道烟花

于此，祝个酒

耳边回荡着潮汐的脚步声

他们向黑夜的那一头

跑哇跑哇

也要去追赶宫阙中的

小螃蟹吗

绵密的细沙里

留下了梦想的痕迹

心事压向夜的这端

推呀推呀

几乎冲破海岸线的束缚

攀到月亮的枝丫上

慢点吧慢点吧

我轻声呼唤

且让这一切定格在烟花绚烂中

照亮潮汐回家的路

灿烂而温暖

秋天的目光

看过去，天空在原野上

越来越高远，与大地相隔

金色的地毯铺开去

迎接我们

红枫也穿上盛装

所有的谷穗、收成

向我们招手

仿佛在说：

"看，这硕果，都是为你们准备的。"

对于银色的翅膀

秋天不说片言只语

只有丰收的故事

不断传过来

我知道，秋天背后

有冬夜的沉寂

有春天的期盼

而现在，有希望在我们手中

远行

我不敢妄言

你银色的航迹

如影一闪

便让我眼海清澈

星辰点点

你阔大的翅羽

如张开双臂的胸怀

伸展天际，拥抱大地

细密处

你又精致成工笔

如彩墨流转中的仕女

多少年以后

我方才明白，那天

我隐入都市楼群时

你径直扑向远处，让大漠之花、梭梭之类

都竖起耳朵，列队静候

祖国的空域博大而又辽远

日出之前

你在南海之畔的几声轻咳

足以叫醒世人

对抗不了的呼唤

我委托雷电捎去情书

特别嘱咐一个"等"字

却遗漏了更重要的一句

我只有鼓足勇气飞翔

才能在大飞机的梦中

收拢翅膀融入星河

银色的翅膀（组诗三）

1 需要那么几片淡淡的云

让你更优雅地飞升

阳光温和，柳色青青

你在一碧如洗的天空中

如处于波光粼粼的湖面的白天鹅

洁净如初春未融的雪

那一道道被机尾拉开的"涟漪"

如我款款打开的心迹

满天樱花、桃花、杏花

都过于艳，都过于心醉

你昂首振翅，翱翔云端

以雷鸣之声撕裂束缚

赤诚之心燃烧，化作炽烈旗帜

向着蓝天，向那伟大的灵魂致敬

2 你不只是一个符号、一个名字，

更是一种象征、一种力量

春色温暖，银色庄严

你从丑小鸭化为白天鹅

这个故事走了几度春秋

大飞机，你的银色洁净、纯真

你的银色安宁、美好

你成长的经历告诉我

哪些是必然经历的

如黎明到来，需经历一段黑暗

如早春渐进，要经历一段春寒

此刻，你航行在万米高空

心静如水，任风雨雷霆

都将化为傲然于尘世的云朵

强大才自由、富裕

才得尊严

拥有崇高理想

为民众

才得幸福

这些圣洁的词句被你凌空的翅羽拉升得

更为广阔

如你承载的使命

穿过风，向着海天

融进祖国的万里春色

星空

在我的阳台

我总是止不住抬头仰望

星空里，我企盼的大飞机

划过夜空

此刻，我满怀祝福

我知道，这个时候那点点航行的灯火

正紧张地忽闪着

冬天，整个星空那么深远

夜里的幽蓝牵引我的目光

穿过玻璃窗，穿过凛冽的空气

将我拉向那无尽的遥远

高远的穹顶一定有蓝花窗的

那弧线，定是夜空中最美的弧度

冬天的这个星空最高远

有大飞机飞过

星空一定有穹顶

广大无边

大飞机破云而出

在时间和空间的交会里

拉出七彩霓虹

它牵引着浩瀚的夜幕

在涌动的气流中

未来若隐若现

摇曳着星光

唤醒沉睡的冬日

巨大的轰鸣，我听到

这声音

在我的胸腔里，驱赶寒冷

让我热血沸腾

记忆里的云

童年的秋天阳光绚烂

那时城市的云多为灰色

像外婆的惦念

温柔而又遥远

少年时的云像艳阳白雪

如羽飘荡在楼宇之间

我很喜欢

那些年

我在《十七岁的秘密花园》里

种下了这片云海

再后来

人来人往，岁月飞逝

雪白如羽的云就贴在了记忆里

我喜欢外婆的老家

那里的云有根

我在山根处一站就是半天

在那里看啊，等啊

她就是不动

孕育一种幽深浓茂的神秘

再到后来

外婆故乡的人也离开了

故乡的云也空寂了起来

那座翠绿大山里的云

就紧紧拥着我

在城市的楼宇间穿行

外婆老家的云如水般

清澈透亮

多年后，我又在大飞机的机翼上看见了

那么纯净，甘露一般

清澈我的心

那云，充满热情

她们的表情温柔而慈祥

仿佛在引领大飞机升向蓝天

我知道，在那高远之处

依旧有外婆老家的云

静静等候着我

我的脊梁是挺直的

凌晨六点，天色微亮

喜鹊早已在枝头鸣叫不已

我匆匆的脚步，也没有惊飞它们

街道两旁，已有灯光点亮晨阳

迎接着晨光的第一缕温柔

而那些紧闭窗帘的背后

仿佛藏着青山，薄雾环绕

越走近大巴

我的心越兴奋

远处，已有他等待我的轮廓

路边还有新建的楼群

工人正跨上挖掘机

那入云的吊钩啊

是要去吊取早晨的太阳吗

弯曲的机械臂

不禁令我思绪万千

多像我的父辈们

佝偻着脊梁，向世界，向生活

而我的脊梁是挺直的

在这个新的时代

我正奔赴更高的蓝天

在秋天厚实的肩膀上

这个秋天，肩膀厚实

色彩浓重而深远

收获的季节

我总是想靠在秋的肩膀上

眯一会儿，偷得片刻安宁

天空如洗，小雨

起飞的大飞机如早年织机的梭子

耕织天空，收获秋雨

一叶知秋，整个夏天的火热

奋斗的激情，在这季节里化为硕果

在中国的每一个机场

大飞机的每一次起落如果实纷纷扬扬

繁华于祖国大地

曾几何时，大飞机是梦

是被春天丢弃于黑暗中的一粒种子

经历了酷夏蒸煮

在那些拔节孕穗的过程中

经历被"卡脖子"的磨难

在拼杀中激荡

如同镰刀和锤头的内在功力

储藏的月光啊

在我挥手之间

掌心回旋着落泪的感叹

所有被收割的记忆

都是秋天的动词

是我诗中那些不舍的词句

秋风啊，穿过我的身体之时

我们的大飞机正以

一颗饱满谷粒的姿势

与世界平分秋色

第一次触摸到蓝天的高度（组诗）

1 第一次触摸到蓝天的高度

在我的花园里

百花争艳

年年岁岁，长势喜人

从十七岁的春种到大学的秋收

我是那么幸运、那么幸福

化为大飞机上一颗渺小而坚定的螺丝

随着它，我一同成长

在祖国的天空，自由翱翔

第一次触摸到天空的高度

责任的高度、理想的高度

以及信念的高度

蓝天白云下的花园

在心中，在天际

在每一瞬间

都呼唤着我的祖国

2 清晨，第一次试飞

迎着阳光，清晨

在我二十岁的这个清晨

我的祖国拥有了这样一双翅膀

这是中国大飞机在中国天空

张开的翅膀

2022年，毕业之际

我多么想啊

成为大飞机翅膀上的一颗螺丝

在蓝天中翱翔

是我最深的渴望

当我真切地，是的

真切地与大飞机零距离接触时

当我真正地成为一颗螺丝

在大飞机引擎上驰骋时

朝着辽阔无垠的天空

起飞

当我拥有蓝天时

我终于看到

对于祖国的心怀

就是一次飞行

我的心飞舞着

随大飞机起飞降落

这样的飞行体验

让我企盼更高更远的

到达

能成为一颗螺丝

内心是那么激动

我知道，作为一颗螺丝

需要耐心和钻研

更需要耐力和平静

等待翅膀张开，划过长空

我拧紧，稳住

不敢有丝毫放松

看祖国广阔又伟岸的航线

云朵拂过机翼

是上升的形状

3 又一次起飞

启明星在正前方

我们再次起飞

黎明的灯塔闪耀

引出航线

与朝阳共舞

我看见自己正脱离大地的怀抱

飞升得越高

祖国的大地抱我的力度就越大

我看到雄鸡一样的版图站立起来

和我零距离接触

当飞得更高更远时

雄鸡正伸长脖子向着蓝天鸣叫

这是在天空

飞行至最高境界

我抓紧前行的方向

一片云层重叠另一片云层

和大飞机一道起飞

心中的茫然不复存在

从秘密花园出发

在花园的晨光下

向着我的二十二岁出发

这里有蓝天、白云和长风

长风，你吹遍祖国的每一个角落

我知道，花的路很长

但有诗相伴

道路并不遥远

我期待着正午的到来

那时的我

正用自己的年华

滋养着我的大飞机

我正是一颗拧紧的螺丝

在大飞机上

我知道，夕阳西下的花园中

花朵会独立芳香

也知道秋风里的花园中

花朵会凋零，绿叶会枯萎

这是生命轮回的见证

可是，有了大飞机，有了你

生命的意义

人生的意义

一切都将焕然一新

顺着这条熟悉的路径

我在黎明前走进你的心脏

这里有我的理想

有我的付出

有我的青春和精力

我愿意顺着生命流出的指示牌

沿着艰难的林荫路

再前行两百米

影子在晨曦中被拖长

加班赶点的我有些疲惫

我为意义而来

赶在阳光升起前

升起我的大飞机

我端起我的诗句走向你

顶礼膜拜

我念出的句子

将随你的升起

而响彻云霄

我离开自己的花园

跟随你的航向

跟随长风，到祖国更大的花园

这里如此高远，广博而又神秘

五千年历史悠远

雄鸡唱晓

绿色精致又浪漫

紫色的玫瑰香

香气缭绕，烟火绵延

玫瑰啊，我在心中默念着

红玫瑰、白玫瑰、黄玫瑰——

所有的花都有中国的属性

我数着星罗棋布的花朵

还有我的大飞机之上

更加高远的星星

暗淡的光线后

是生命铮亮的银色形体

你的飞升

是这个国家、这个民族的辉煌

我真幸运

能成为这趟伟大航程中

一颗拧紧的螺丝

心中的秘密

春风轻拂

心河缓缓解冻

容纳了冰川

消融了冰河

那些北方解冻的冰块

在春阳的照射下顺水流淌

擦过河岸发出轰响

与春雷共鸣

那些冰峰像竖起的云帆

一路浩荡

春鸟在风里

张开翅膀欢悦无比

划开我内心的一角

天更蓝了

春天的影子就在天空的镜子上

看见了吗

那棵不落叶的松针

正巧刺穿了柔软的时光

春天，总是从冰河与春雷的和声中

伸长我内心的诗句

恰如一个少年推开我的门

让我看见北方草原上的铁马

他举起春天的云朵

像是举着自己的灵魂

只是，他没有向我奔过来

可是啊，头顶高远的天空

有银色的大飞机飞过

我看见远远的海上有云山在翻卷

而我的大飞机穿云而过

上升的弧线牵起整个春天

我内心的春天

汩汩流淌

相遇五月

在五月的光辉中

一首诗轻轻铺展

却是三月春风中细细书写的梦

那时，青春如初露的绿

带着些许冬末的微寒轻拂心弦

那些新发出来的芽

闪亮着青春

期待着一次遇见

五月，温度浓了

五月的太阳

光鲜在万物之上

而夜间的太阳

那么温润，不寒不热

刚刚好

迷人的地方

在于我无法看见

五月的相逢

是三月诗叙的安排吗

时间走得那么快

我看见你银色的翅膀

比太阳闪亮

比星星更干净、更纯洁

五月，日月光华

青春在这光芒中绽放

连阴雨云都在放光

而我，遇见你，爱上你

我的青春也如此亮丽

我的大飞机啊

花园的秘密

在黎明的细雨中

花园从黑暗中醒来

我看见樱花和海棠

已睁开了惺忪的眼

杜鹃也开始在有颜色的制高点上

细数春的赠礼

一声口哨，穿过秘密花园的静寂

与花的世界构成一体

也许，她们的今生就是我的前世

而我的今生

也与她们的秘密紧紧相连

五千年，承接的血脉

足以让我的诗更加清新亮丽

在这园中

花开、结果又凋零

这些新芽这些新绿

都在用一种形式或力量昭示

一种规律的谦卑

一种往复的坚韧

一种绵延的长久

如火的生命

青春的火焰

被点燃

让我如火一般具有魅力

谁在用知识武装思想

谁在用思想坚定信念

谁在用信念坚持发展

谁在用发展改善民生

谁在用民生打牢基础

谁在用基础维护尊严

我的民族啊

谁在用破土承受疼痛

谁在百年征途上挥开阴霾

当乌鸦的翅膀压低了天空

鸽子无处飞翔

谁在维护和平

谁能知道花园里的秘密

哪一朵花能代表绽放的春天

哪一朵花能成为时代的风景

秘密的花园里有一条深沉的河流

流经我的身体，一次次洗净我

在这个花园里成长

我的诗更加绚烂

我的骨头不会缺钙

艰苦塑造我，辛勤成就我

所有的苦难都是财富

我接过命运的接力棒

挥开寒冷的冬季

这个姿势让我成为

花园里独有的风景

让我用爱的力量和生命的代价来珍惜花园吧

让我移步新时代的春天

用自己青春最美好的时光

在花园里与花低语

用我的诗，让所有的阴暗都消散

让晴朗的天空撑开这个花季

在这里

我如此喜悦

当我的蜜蜂吻遍百花

这种亲密的记忆怎能忘记

让所有的"坏日子"都过去吧

我要在花园里构想

一个立体的春天

接受五千年的爱

用血脉的力量去黏合吧

用青春的热血去连接吧

我向整个花园敞开心扉

进驻整个春天

让梦想翱翔

让所有的花朵

都从黑暗走向光明

我坚定的信念充盈内心

灌注完整的花园

漫山遍野的红杜鹃

当冬日的雪花以别样的姿态

缠绵于山河之间

将那纯净无瑕的白

转化为热烈的红

它们自天空降落

又离地三尺

朝着漫山遍野铺展开去

或许这真是雪花以另一种方式

眷顾这纯粹的天地

恋着四月，恋着春色

风吹过来，游动的红云

长在山野，飘也飘不走

阳光下

红，更加纯粹

这样漫山遍野到五月

纵情地绽放

把天下所有的白变成红

汇拢到这里

编织成一件婚纱

送给大山，送给参天树

送给起舞的蝴蝶，送给无垠的山野

送给整个春天

凌霄花爬满山墙

山墙之上

凌霄花盛开无际

随阳光一泻而下

阳光，射过红花打在绿叶上

风，被阻挡在墙外

每片花瓣、每片叶子都投射着阳光

如瀑布般从高处跌落，装点山墙

满满一面花墙

红的闪烁，绿的纯粹

亦如我插满花的秀发

微微吹起风

荡漾起心灵深处未曾平息的春意

那是立体的花海

有蜜蜂飞来

在这面墙上忙碌着

成为我花园里的一员

愿你不要离开，设法登陆彼岸

让自己也成为风景

吸引那些赋闲的人

驻足欣赏

亦可以成为我的红颜知己

在美丽的花园里

闪烁光与影

探寻颜色的奥秘

拍摄花朵绿叶相间的影像

我已做好准备

随时融入这一幅油画

石榴花开

正逢其时

五月，石榴与季节有缘

暮春时节，万物皆长

石榴树正枝繁叶茂

才华横溢，艳艳开放

吐出的火焰，点燃绿叶

一团、两团、三团……

直到挂满枝头

这些火红火红的火焰

是火凤凰啊

是谁赠予绿叶的嫁衣

蝴蝶、蜜蜂们都喧闹着

扑到石榴裙下

这团火焰早已点燃

昭示着一份深沉的爱意

石榴以它的火花点燃五月

直至流火

这一季的爱情宛如野火燎原，无法抑制

每一只掠过的鸟儿都会为之驻足

流连忘返

那轻盈的鸟儿会告知阳光

不避风雨

任多情的火被爱情打湿

那一团团燃烧的爱情啊

最终会结出红红火火的石榴

满天星开满人间

起初只是星星点灯

我的视野已被绿意盈满

这些娇小的花朵

便在满目绿色的天空中闪烁

多像满天的星星

闪烁在我们眼中

满天星，星满天

一种童真随处可遇

此刻，无须仰望

那辽阔的星野和大地

那黑夜中扩展开去的天穹

幽幽清香

就如默默地耕耘

平凡而又绵长

却在原野、河岸举洪荒之力

开拓出人间星河

我看见，自己变成一只梅花鹿

挤进这满天星辰

满世界播撒童话

多想做个永远数星星的孩子

在我的十七岁不要长大

蒲公英的漂泊

我儿时的幻想

是不用牵母亲的手

就可以随风飘荡

只需一阵微风

蒲公英就开启旅程

远离故土，探索未知的地方

可以与近前或者远方的

牛马、树木、

花朵、草原、河岸等

任何有水分的物什相遇

落地生根

啊，大地与天空

都是小小的蒲公英的世界

用漂泊的一生，去爱

每一寸土地

每一片天空

每一处水域

看似卑微的生命

却能在自己的天空镶上

金黄色的勋章

所有的风，所有的云

所有的色彩，都成了她忠实的舞伴

蒲公英只有一个小小的夙愿与追求

自己发芽，扎根，开花，飞翔

跨越城池，翻越山河

跨过季节的轮廓

匆匆地，一年一度

把他乡当故乡

不怕远，不怕难

不怕漂泊

蓝天　蓝天（组诗）

1　蓝天　蓝天

伸手可以触摸

在我的那个清晨

如梦，在蓝天上飞行

当达到触摸蓝天的高度

才感觉到有一双翅膀

多么重要

翱翔蓝天，真好

大飞机引擎轰鸣

在万米高空，无垠辽阔

任我飞翔

在那一刻，仿佛蓝天归我所有

当我凌驾于云层之上

与一切熟悉的景致相遇——

是蓝天拥抱了我

还是我拥有了蓝天

2 我多么爱你

说出这个"爱"字不容易

要跨越多少道坎

穿越多少层乌云

人生，便是这般不断前行的航程

在高空，我会与蓝天、云朵共舞

尽管驾驭庞大的机体

却永不超出蓝天的怀抱

云随我动，时刻变换其姿态

在仅有云朵相伴的高度

啜饮一杯咖啡

俯瞰在脚下掠过的皱褶般的山川

观赏投射于大地的云影

都是飞行与我相爱的证明

蓝天真好

飞行着真好

我将用一生聚拢这样的爱

3 飞行的色彩

飞行的航线是清晰的

飞行的颜色是蓝色的

航线从我眼前掠过

与我的眼光对接

这个时候，我正伫立于大地

抬头仰望

飞行的色彩那么高远

像我十七岁的心事

无垠广阔且遥不可及

在广阔无边的天空

时间到哪里去了

时间伸展至天际

在那里修建天空之城

我的时光，在那遥远之处流转

时间用一种遁逃的方式

追逐，又隐匿

唯有仰望

时间才得以存在，或继续流淌

当我靠近天空，触摸到天空

直至这个高度才知道

时间只在我心里

4 向远方

远方，到底有多远

每一次可触摸的抵达

飞行即真谛

起飞—降落

每一次体验都是全新的

每一次更远的到达

心灵之静，便是距离之远

能与时间比翼的只有耐心

时间的翅膀划过

我的飞行之路只有触摸

一条伟岸的航线

能露出时间的端倪

当云朵从机翼上拂过

我以飞行之姿驭云御风

时间便在刹那消散

5 蓝色　蓝色

在东方，黎明时分多么亮丽

云朵引领航行

朝阳化为气流支撑机翼

朝阳，东方升起的朝阳

所有的飞机一旦离开地面

心便开始无着落地滑翔

看到越来越远的大地

看到广阔无垠的天空

才会懂得人生

蓝色天空才是人生高远的境界

我无时不在寻找向前的方向

向前，在高远的天空触摸

一片云和另一片云交错

才能感知高度

才能感知云层、时间

和无垠的蓝色

而一旦熟知蓝色

一切皆化为虚无

时间在此消逝

只留下无垠的蓝

云上

直至此刻，我才真切感知到

白云的白，那么纯粹

白瓷一般驻在瓦蓝的天空

搭着光轮，与我同行

在静谧的河边躺下来

看天

眼前的云朵

辉映太阳的金边

分外耀眼

一觉醒来

月亮如淋浴一般洒下清辉

灌入头顶，而白云

更白在月光里

秘密花园里

有我的玻璃小屋

透明的世界里开满鲜花

而白云，才是天空开出的鲜花呢

在白云下面行走

一生都有鲜花

和我的大飞机一起远飞

白云会美妙地追随

苍穹无垠扩大

驶向白云的故乡

云上流淌的音乐

跳动着，触及灵魂

有无垠的春天映衬

在万米高空喝一杯啤酒

透过气窗看云海在脚下旋转

有奔马，有雄鹿闪现

清新的呼吸布满原野

白银河面只有白色流淌

那些积雪般的云朵堆积起来

那些冻结的冰层有些凛冽

那些飘过的秦时战车

那么威武

云在花环上显露自己

在脚下闪电一般进驻记忆

阵雨中有幸福的感觉降临

一程飞行一程流逝

又如白驹过隙般迅疾地忘却

我的脚手架

白云把我的脚手架越搭越高

有些恍惚

追逐着阳光的味道

在机场的指挥塔

支点跃然而出

脚手架一路延展

直达天上，云之巅

风和被风吹升的翅羽

鼓满奋进的云帆

或者依托向上的支点

站在高高的脚手架上

无限接近云朵和蓝天

以及都市上空的鹰

我们在这高处的脚手架上并肩

投给彼此侧脸或背影的鼓励

相信大飞机的嘶吼

足以拉平一切

包括那些杂乱无章的光影

而我的脚手架将搭载我

进入更高的云层

相信云之上，有我的楼宇

和大飞机

穿行在云朵之中

那些绽放于虚空的花朵，轻盈地飘荡

蔚蓝的天幕，何其壮丽

银色的羽翼在其中翱翔

上升的气流撕裂云雾，开辟天路

在这蓝图之中，匠心独运

每一处轮廓，都密封着梦想之光

线条流转，宛若艺术之作

巨型机翼，展示科技之威

引擎启动，其声震撼九霄

飞行之轨，绘成绝美之弧

穿云破雾，驶向无垠的苍穹

自由之翼，追逐那无边的蓝天

大飞机，作为中国的使者

携带着人类的智慧与勇气

在碧空之下，留下璀璨的足迹

向远方，不断探索新的天际

尾气点燃了黎明

于灯火划分的格子间里

同行者们

正绘制着巨鹰展翅高飞的梦想

辩论激昂，似激流冲击岩石

围绕着飞机的轨迹和航向

探讨着"世界创意"

与"中国智慧"的融合

他们、我们

在勤勉中遗忘了时间

在不断琢磨中淡忘了自我

在严格的秩序之中

领悟团结的价值

星辰汇聚成夜空

不同的思想和灵魂聚成海

浩瀚而不可阻挡

当信念坚不可摧

当灵魂如河流般滋润大地

当心田永不停息地被灌溉……

我们一起欢呼那点燃黑暗的尾气

以及尾气喷薄而出的

第一缕光亮

何其奇妙

从匠人那力透铝板的肩膀

到指尖跳跃的代码

再到翱翔在云端的巨鹰

我们，穿越了半个世纪的时光

此刻，我感受到思维的火焰在脑海中燃烧

这是探求的挣扎

真理灌溉着贫瘠之地

珍视这片被尾气照亮的夜空吧

在展翅一瞬呐喊

羽翼伴着马嘶声在云海舞蹈

穿梭于思绪的轰鸣以及远方的凝视

飞过颅顶

在深沉的轰鸣中，有人低吟

谈论着生活琐事

回味着键盘敲击的旋律

岁月敲打的节奏，永不停息……

三月的红蓝色

三月，春风轻拂

一种蓝，始终澄澈

人间多么像一屏红玻璃

在此中窥世界，繁华尽见真颜

人生在梦幻的仙境中

蓝，亦如幻

恰如此刻心情

静若蓝，如水流淌自在

蓝天下有一片红玻璃

那是大飞机一掠而过

映照着人间的喜

春风拂面，我的心也在苏醒

被三月的这抹红温暖到了

多好的三月蓝、三月红

珍惜当下好环境、好氛围

以三月的姿态追赶春光

也是云多雨多的日子

让坎坷曲折都化为蓝吧

风雨过后见彩虹

坚定自己的信念

用一种追求

把梦想变成现实

三月的红蓝交相辉映

恰如述说人生

心境自然则万物追随

笑看机翼搏击长空

春光如蓝

春光在桃枝上跳跃着

引来鸟儿，站在枝上

红艳艳的桃花就开了

蓝天里吹来一缕南风

一河的胭脂水哗哗就来了

青草和蓝天都张开了眼睛

他们不同的视角

让匍匐在草丛中的青蛙

兴奋起来

哇哇叫喊着"下雨"

池塘满了，水回过脸

多情地把自己变成镜子

看见蓝天里一翼银色翅膀

机尾喷出的气流化为青龙

我情不自禁填写一阕平水韵

让一首诗在我的春陌上化为桃红

点缀这尘世

三月的雨扬起青春之歌

三月的风踏歌而行

而我

正是春神最钟情的那一抹香

更高的自由

钢筋森林，寂静广袤

偶有脚步穿越尘嚣的边界

便觉灵魂深处，旷野之味渐浓

那是一蓬恣意生长的花

高过人头，举擎着黄色花瓣

独自于世间，草长莺飞

黄花昂首，穿越人海，随风摇曳

自有一番狂野，像是夜幕下的幽灵

自由狂舞于风中

风，缠绕着她的头

无休无止，左右摇摆

像疯子甩着头发，又迎风起舞

黄色的光焰喷薄而出

黄色的花蕊随风播撒花粉

引来工蜂嘤嘤嗡嗡

整个旷野似乎都是她的

也有低矮的草围绕着她随风唱歌

那弱小的随风的歌声那么自由

弯腰又挺直，"呼呼，呼呼呼"

也看得出她们内心的谦卑

与风一起，扶持着那蓬花

在一阵风又一阵风的罅隙里

停顿，歌唱，停顿，又歌唱

形成旷野独有的合奏

我喜欢这种杂乱无章

在每一次弯曲与伸展中

展现深沉的敬畏，谱写生命之歌

刹那间有一种满足

这满足来自自由

在旷野在风中，自由

被这一蓬花一次又一次托举起来

无声地高扬

抬头见高空有客机掠过

那是更广阔的自由

在这一刻，心随飞机翱翔

感受着比旷野更高远的自由

风起的日子

你扬帆远航之际，恰逢风起

我立于高塔之巅，目送云海被轻轻推散

露出一片深邃的蓝

它温柔地迎接你的归来

此刻，塔台似化作繁花似锦的迎宾阶

既为你送行，亦盼你归来

风透过窗户，轻抚我的脸颊

带来丝丝凉意

风就要把我刻成一把梳子

重新梳理流经的岁月和星辰

重新认识行云流水和翅羽

重新探寻那些累积的花蕊

风在水上走，一掠而过

你在云上行，轻盈如风

目光所及，碧空如洗

那些奋斗者的面孔

那些纯粹的心灵，变成珍珠

那些精致的制造者

那些略显疲惫的匠人

那些大汗淋漓的劳动者

在透明的风里被一遍遍雕刻得更加清晰

风穿过我的思绪，再穿云而过

你的羽翼激起喜鹊的欢歌

在日月更替的律动中

如战鼓激荡，催促时光前行

昭示我们内心深处的那一抹光华

风穿过我，也穿过你的翅羽

将飞翔铭记为壮丽的叙事

风穿过我，也穿过你的银色

更添一分铮亮明媚

风穿过我的山河，穿过我的星辰

风穿过你，如一颗闪亮的星星

风轻吻你，把你吹成人世间最亮的星

风穿过我，然后又穿过你

春日

这个春日有轻风吹拂大地

曲调悠扬，春意浓郁而深

沉眠万物，今朝苏醒

惺忪睡眼，准备拥抱新生的气息

溪水汩汩，带走冬日的寒意

万物吐露新芽，萌发新绿

柳丝越拖越长，让春风梳理

如同我轻盈的发丝

随风飘曳，舞动春天的韵律

远处的山峦被樱花点缀着

如同粉色的云朵情落人间

蜜蜂蝴蝶，花间忙碌，风中欢畅

田野里的油菜花金黄了

黄澄澄的，像一片金色的海

微风吹过，一浪高过一浪

春天的色彩更浓了

孩子们牵着欢笑滚满绿草地

风筝拉起他们的脚步

让他们奔跑着追赶春光

幸福满溢

春天，原本就是一首美妙的诗呀

暖人的笔触

描绘大飞机腾空，新生命之旅启航

在三百六十五天的轨迹中，向着蓝天远航

品味月光

月光落于舌尖

有汤圆，有饺子，也有甜汤

每一次品尝

月的轮廓触及心底

甜蜜在口中化开

有奶奶的嘱咐

有外婆的问候

有爸爸的语重心长

更有妈妈关爱的目光

我满心欢喜这月亮

满屋的月色

在心底悠长的情思里流淌

夜幕中

小窗外挂一轮圆月

高悬在夜空，静静仰望

梦想之处，飞机横切长空

划过我的梦想

月亮的光芒，照亮银色翅羽

多么铮亮，还有我的心房

生命是多么美好呀

因为有希望

月亮的滋味，就是汤圆的滋味

生活的滋味，让我珍惜这一刻

有大飞机飞过的这个夜晚

有中国的月亮相伴

宁静中有幸福

轰鸣中有前方

二月里的白玉兰

二月里，白玉兰盘坐枝头

在春风中舒展，香气幽幽

丝丝缕缕萦绕我心头

瞧，这一片雪白的花瓣

正双手合十含笑颔首

她似乎懂得我的心事

在微风中轻轻颤抖

二月里，白玉兰盛开如诗

她美丽得让人心醉

她清香得让人沉迷

雪白的花瓣，双手合十

像是在对我叙说二月的逸事

又似在向我倾诉心中的忧愁

二月里的白玉兰，难道不是春天的信使

她捎来了希望与暖意，也带来

一份宁静和清幽

世界喧嚣，唯有白玉兰

展示纯洁与美好

我真愿与它相伴

走过一生的秋冬春夏

大飞机上的春天

云是树，树样的云

铺展开去的辽阔

这里的天空

蓝天在上，白云在下

有时云为春鸟

有时如乱石堆砌百废待兴

有时如"魔都"一般变幻无穷

天高云低一望无际

拂晓天际线澄亮

像是馈赠远行人的一片春光

大飞机上的春天思维缜密

在风云变幻的高空多用隐喻

起风之前招募数以千计的士兵

任雷电"战争"在脚下乱闪

自己保持和平

让翅膀飞出平安与吉祥

那些雷雨士兵与闪电征战

像英勇的解放军，从不言败

大飞机穿越这些云层

总会到达和平的彼岸

大飞机会让婺源的一万顷油菜花开放

一刹那间明亮眼睛

也会指派三千兵马从西北到江南布阵

轰隆隆的雷声打头阵

普降三月春雨

震动大地，喊醒春天

后记：撒向蓝天大海的诗歌种子

　　我时常在想：生活，就是这趟不断前行的班车；工作，就是驶向跑道、冲向蓝天的大飞机。

　　在广袤无垠的东海之畔，上飞路919号，是中国大飞机腾飞的地标。我，一名职场"萌新"，每日穿越120公里的城市脉络，在这条寻常却又被寄予无限期待的"都市长征"路上，体验着生活的变奏。

　　告别了青葱校园，跨过职场的门槛，生活翻开了全新的篇章，那些曾深深烙印于眼底的风景，也在时光的流转中悄然变换。记忆中，校园是一帧翠绿的画面：春日新芽破土而出，足球场上茵茵绿草犹如梦想的温床；大树下，偶有慵懒的橘猫午睡，光影斑驳间流淌着宁静与祥和，是记忆里的一抹闲适与惬意。每当微风吹过，不仅带来了草木的清新气息，更夹杂着书本淡淡的油墨味，那是青春岁月中最为醉人的香气。然而，如今朝阳初升，上班的日子犹如一幅疾速铺展开来的素描。早上6点天微亮，街巷的早点摊早已热气腾腾，人们骑着电瓶车穿梭于晨曦中，脚踏实地淬炼生活真火；而我，也成了千千万万"打工人"中的一名，手捧面包咖啡，步伐匆匆，眼神坚定，奔赴地铁口，开启新的一天。待到暮色降临，归途中透过班车车窗向外望去，夜幕下的城市灯火璀璨，地铁站口的指示灯与列车进站的提示音如清晨时分一样，催促着行色匆匆的人们，日复一日。

初识大飞机，听闻它的故事，还是在高中政治试卷上的短短一行中，"2017年5月5日，中国自主研制的C919大型客机首飞成功"。直到多年后走近它、认识它，才知晓中国民机事业曾走过了一段艰难、坎坷、曲折的创新创业历程。1955年，星座式749A型飞机空难，像是一声惊雷，在平静的航空领域激起涟漪。周总理未乘的那一架航班，以及随之而来的对国家航空自主能力的深刻反思，成为中国商飞梦想的起点——"我们一定要有自己的大飞机"。飞机对于国人来说，不仅仅是交通工具，更是国家实力的象征。那时的天空，虽然是广阔的，但是充满了未知与危险。正是这未知与危险，激发了人们对天空的向往与探索，在追求"自力更生"的呼声中，中国的航空梦开始孕育，这是一个民族自强不息、追求梦想的缩影，也是一段艰难却充满希望的历程。从轰-6改造，到运-10项目的艰难前行，再到如今国产大飞机C919飞越祖国大好河山，远渡重洋实现海外商飞，一架架涂装完毕的大飞机正静静地横卧在跑道上，仿佛沉睡的巨龙，蓄势待发，只待苏醒的那一刻，冲向蓝天。大飞机的创新创业故事深深地影响着每一位后来者，当我们再次凝视那些飞翔在蓝天上的大飞机，或许可以更加深切地感受到，那不仅仅是技术的胜利，更是一种精神的传承——永不放弃，直到梦想成真。

我，就是其中的一个成员，是一个分子、一粒纽扣、一颗螺丝，或水滴，或微尘。

班车驶向东海岸，沿途既有崎岖颠簸，亦有宁静平稳；既有孤独，亦有温暖。我想，人的角色总会不断地转变，周遭的风景亦随之变化万千，然而，无论何时何地，我都笃信，成长之后仍应秉持一颗写诗之心。

大飞机与诗歌，能有什么样的关系？或者说有什么样的联系？研制大飞机，是我的守望，是我们民族的伟大事业；诗歌，是我所爱，是我的精神食粮。为此，诗歌就成为一座无形的桥梁，一端连接着我的成长岁月中激起的浪花和对过往事物的深深怀念，另一端则借由文字的力量，结合对大飞机事业的认识，捡拾那些被日常工作的忙碌所淹没的细腻情感，唤醒我们对生活细微之处的敏锐感知。

努力成为一个有趣的人吧，希望我们在快节奏的现代生活中，仍能保有那种对美好事物的细腻触觉与深深的敬畏。生活的价值从不在于身处何处，也不在于是什么身份，而在于我们如何感知，如何从中汲取力量。

从听到第一句唐诗宋词起，诗歌的种子便在自己稚嫩的心灵土壤中悄然埋下。随着年岁的增长，诗歌又成为手中的书卷、眼中的墨香，在《十七岁的秘密花园》里绽放出第一朵花蕾。十七岁，是未经雕琢、洋溢着无畏的勇气与对未知好奇的年纪。我，如同雏鸟，夹杂着一些对天空的迷茫，带着一丝丝叛逆与倔强，渴望挣脱所有束缚，想要冲向远方，而七年之后，我已然怀揣着对蓝天的坚定向往与对未来的希冀，奋力搏击于现代都市的浪潮之中，希望有一天，能将那颗诗歌的种子播撒向浩瀚苍穹，让梦想在现实中生根发芽。